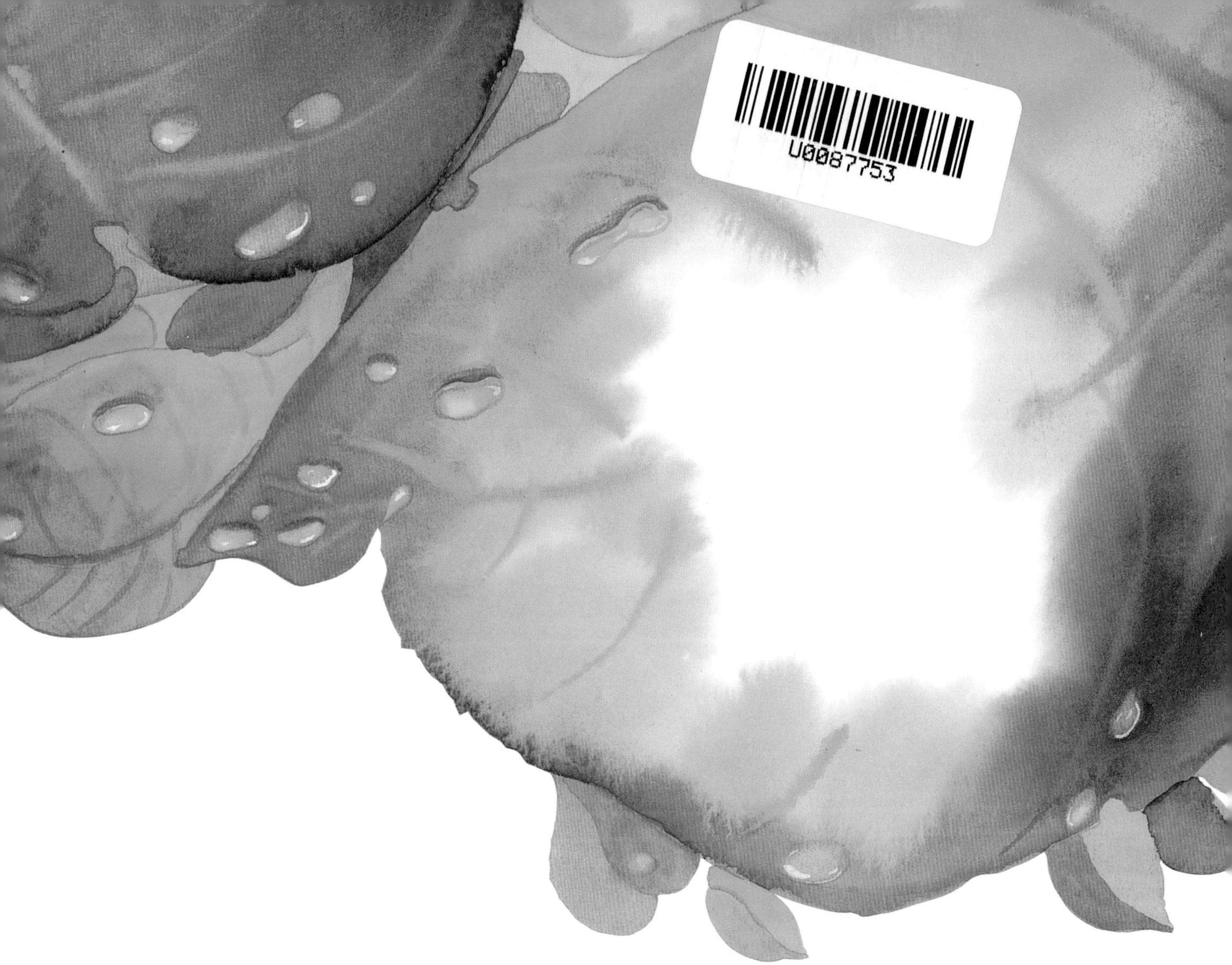

國家圖書館出版品預行編目資料

童話風／陳黎著；王蘭繪.－－初版三刷.－
－臺北市；三民，2003
面；　公分－－(兒童文學叢書. 小詩人系列)

ISBN 957-14-2328-9　(精裝)

859.8　　85006332

網路書店位址　http://www.sanmin.com.tw

© 童　話　風

著作人　陳　黎
繪　圖　王　蘭
發行人　劉振強
著作財產權人　三民書局股份有限公司
臺北市復興北路386號
發行所　三民書局股份有限公司
地址／臺北市復興北路386號
電話／(02)25006600
郵撥／0009998-5
印刷所　三民書局股份有限公司
門市部　復北店／臺北市復興北路386號
重南店／臺北市重慶南路一段61號
初版一刷　1997年4月
初版三刷　2003年2月
編　號　S 85312
精裝定價　新臺幣貳佰捌拾元整
平裝定價　新臺幣貳佰伍拾元整
行政院新聞局登記證局版臺業字第〇二〇〇號

兒童文學叢書

·小詩人系列·

童話風

陳　黎／著

王　蘭／繪

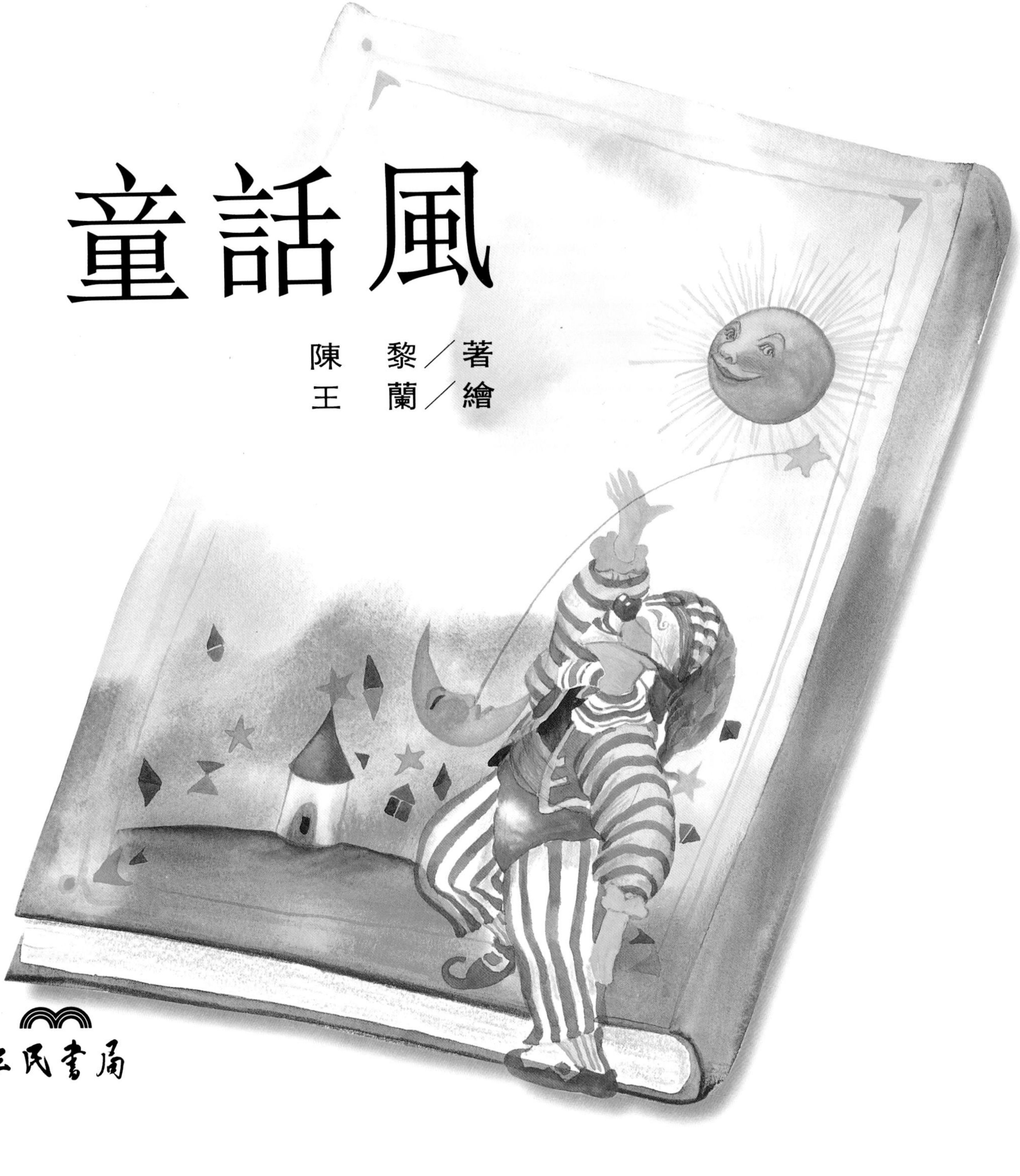

三民書局

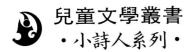

詩心・童心

——出版的話

可曾想過，平日孩子最常說的話是什麼？

「媽！我今天中午要吃麥當勞哦！」「可不可以幫我買電視上廣告的那種電動玩具！」「我好想要百貨公司裡的那個洋娃娃！」

乍聽之下，好像孩子天生就是來討債的。然而，仔細想想，這些話的背後，絕不只是貪吃、好玩而已；其實每一個要求，都蘊藏著孩子心中追求的夢想——嚮往像童話故事中的公主般美麗、令人喜愛；嚮往像金剛戰神般的勇猛、無敵。

為了滿足孩子的願望，身為父母的只好竭盡所能的購買，但孩子們總是喜新厭舊，剛買的玩具，馬上又堆在架子上蒙塵了。為什麼呢？因為物質的給予終究有限，只有激發孩子源源不絕的創造力，才能使他們受用無窮。「給他一條魚，不如給他一根釣桿」，愛他，不是給他什麼，而是教他如何自己尋求！

事實上，在每個小腦袋裡，都潛藏著無垠的想像力與無窮的爆發力。大人常會被孩子們千奇百怪的問題問得啞口無言；也常會因孩子們出奇不意的想法而啞然失笑；但這種不規則的邏輯卻是他們認識這個世界的最好方式。而詩歌中活潑的語言、奔放的想像空間，應是最能貼近他們跳躍的思考頻率了！

於是，我們出版了這套童詩，邀請國內外名詩人、畫家將孩子們天馬行空的想像，熔鑄成篇篇詩句；將孩子們的瑰麗夢想，彩繪成繽紛圖畫。詩中，沒有深奧的道理，只有再平常不過的周遭事物；沒有諄諄的說教，只有充滿驚喜的體驗。因為我們相信，能體會生活，方能創造生活，而詩的語言，也該是生活的語言。

每個孩子都是天生的詩人，每顆詩心也都孕育著無數的童心。就讓這些詩句在孩子的心中埋下想像的種子，伴隨著他們的夢想一同成長吧！

作者的話

很高興在寫了好幾本給「大人」看的詩集後，能夠出版這一本歡迎兒童及少年讀者入場觀賞的《童話風》。詩是很可愛的東西，它充滿想像力和趣味，能夠調節我們每天生活的心情。透過它，我們可以看到許多平常被我們忽略了的東西。

這本詩集是我和家人們再一次合作的成果。先前，我們曾經合出過一本有圖有文，描繪小女孩成長過程的《立立狂想曲》。這一次，小女孩立立擔任的是這本書的「文字指導」。身為女兒的她，毅然從她的國語作業簿裡，拿出好幾首她寫的詩供我參考。這本詩集裡〈小蝸牛〉、〈鑰匙〉兩首，就是根據她的「小」作，擴充而成的。立

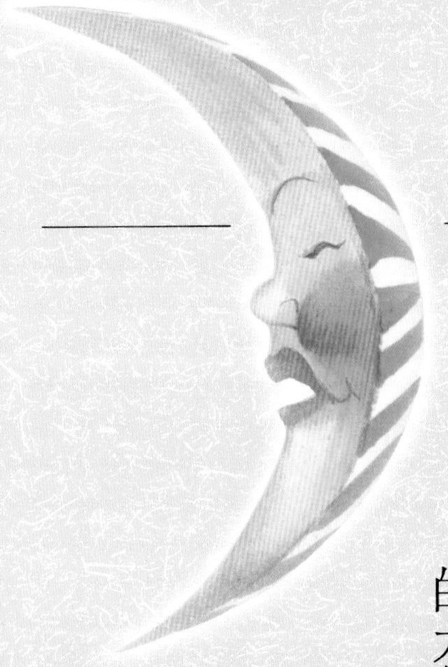

立的媽媽——張芬齡老師，則負責每一首詩後面的解說工作。常常翻譯世界名作、撰寫文學評論的她，這一次總算享受到「大材小用」，為孩子們說詩的樂趣。

我的學生們，在這本書寫作過程中，多次「被迫」充當評審，對這些詩作表示意見。我很高興這本書裡的每一首詩，都曾經獲得不同評審們的支持和鼓勵，也希望這些詩在配上插圖，彩色精印出來後，能再一次讓他們刮目相看。

每個人都是天生的詩人。希望這本詩集裡的「小」詩，能夠激發閱讀它的小詩人們寫出自己的大作。

目次

童話風

童話風

池塘和荷花是好朋友，
蜜蜂和蜜。

風箏和風是好朋友，
流水和夢。

和蜻蜓，和橋，和岸，
和稻田，和雲，和路。

衣服和線是好朋友，
我和我的寶寶。

這是首看似配對遊戲，
實則充滿親子之愛的詩。
如果我們繼續擴充這首短詩，
找出成千上萬對的好朋友，
我們會發現造物主在創造世界時，
早已做了巧妙的安排——
因為這些好朋友，我們覺得不孤單。

白翎鷥

白翎鷥，車畚箕，
車到北京去。
一隻車回來狗和雞，
一隻車回來貓和鼠，
一隻車回來奸臣和山豬，
一隻車回來京城和木耳。

白翎鷥，車畚箕，
車到美國去。
一隻車回來牛和奶，
一隻車回來銅和鐵，
一隻車回來 Do Re Mi，
一隻車回來耶穌和瑪麗。

車給小寶寶做珍珠，
車給小寶寶做車船，
車給小寶寶做嫁妝，
車給小寶寶乖乖啊睡……

這是一首由臺灣民謠
改編而成的搖籃曲，
適合用臺語朗讀。
白翎鷥去北京和美國，
載回了不同風味的事物，
小寶寶數著白翎鷥
和它們帶回的禮物，
很快就可以帶著微笑入睡。

峽谷的月光

峽谷的月光慢慢的流，
流過我的寶寶遊戲的溪岸，
羚羊，麋鹿，童話的豬，
一隻隻走進她的心上。

峽谷的月光慢慢的流，
流過我的寶寶睡夢的池塘，
蝴蝶，紙船，銀色的蜂，
隨著她的微笑輕輕顫。

峽谷的月光慢慢的流，
我的寶寶酣睡了——
她的夢裡有繁美的花，
開在母親的歌聲上。

峽谷的月光像一條緩緩流動的河，
母親的歌聲是一座花園，
開滿了寶寶夢中甜美的花朵……
這首以太魯閣峽谷為背景的詩，
是一首寧靜安詳、細緻纖柔的搖籃曲，
和〈白翎鷥〉的樸拙淳厚相映成趣。

遠方

山是靜止的波浪，
一波波起伏於天空的大海。
媽媽，為什麼在我心裡
有一千隻雲朵的白馬
從綠色的尖頂奔跑到
綠色的尖頂——
是不是風在那裡迷路了？
是不是夢在那裡沉船了？

山是靜止的波浪，
一波波起伏於天空的大海。
媽媽，為什麼在我的夜裡
有一萬顆明亮的星星
游盪在黑色的樹影與樹影間？

天空像一片大海，
山像靜止的浪，
雲像奔騰的白馬。
看著遠方，小孩心中有了疑惑：
風會不會走失？夢會不會沉沒？
憧憬未來卻又帶著幾分驚懼和惶惑，
正是許多孩子們無法具體說出的感覺，
詩人透過意象替他們說出了。

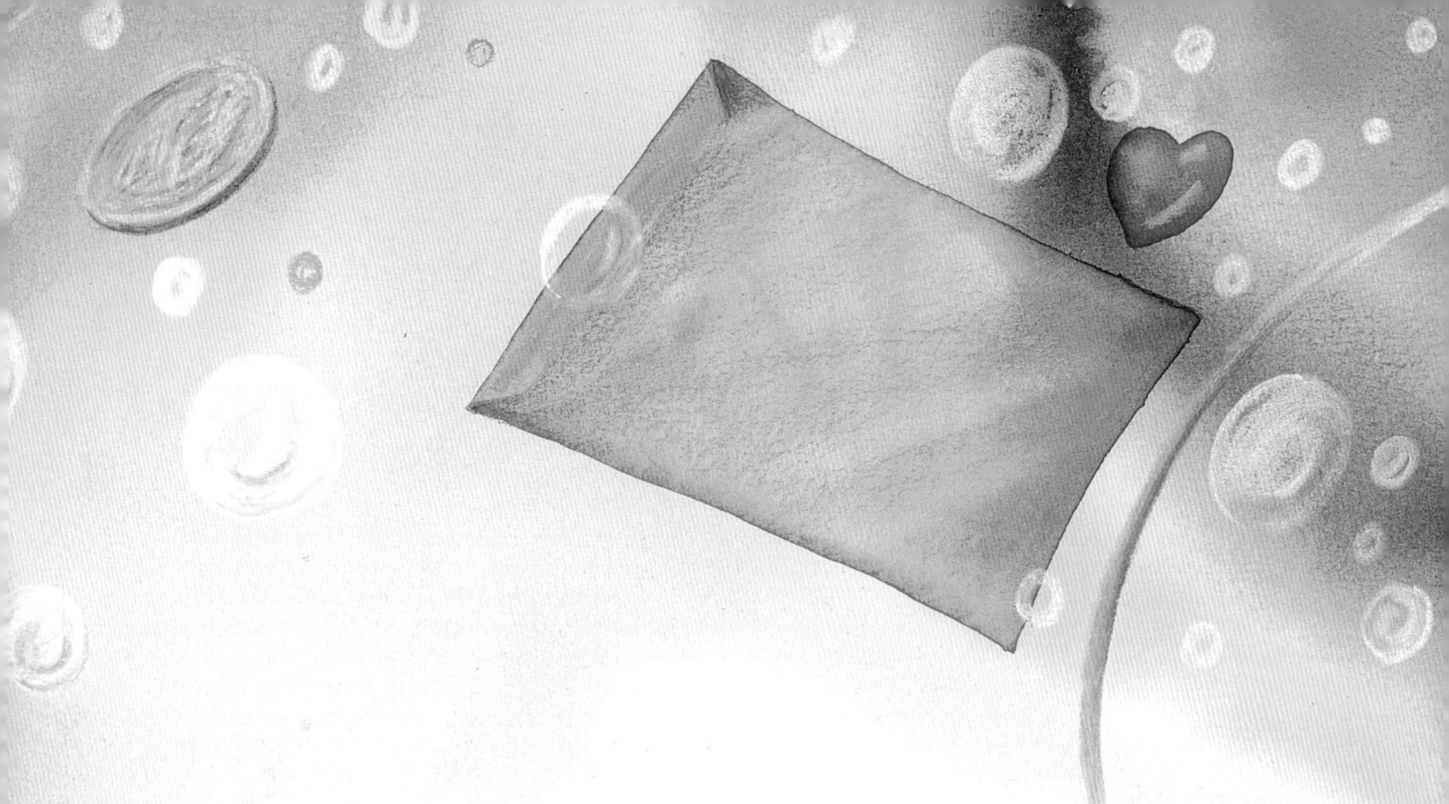

撲滿

給我一個大撲滿，媽媽，
裝爸爸給的零用錢，
裝爺爺給的壓歲錢。

給我一個小撲滿，媽媽，
裝他送給我的卡片，
裝我心底的祕密。

但到哪裡找合適的撲滿，媽媽，
裝那些不請自來又不告而別的
夢的痕跡？

零用錢和壓歲錢可以放進撲滿，
卡片和心裡的祕密也可以存放起來，
但來無蹤去無影的夢，任誰也捕捉不了。
生命中有許多事物是飄忽不定又難以理解的，
這是成長中的孩子必學的重要課程之一。

紅綠燈

喜歡看到紅綠燈在街頭站立
像一隻長頸鹿，
在它的腳下，一隻隻裸體的斑馬
愉快的走過。

喜歡看到不同顏色的燈亮起
像不同意味的標點符號，點綴
又長又煩的人生。

如果一路上都只是川流不息的車輛房舍
（像一首沒有分行的詩）
如果一路上都只是楷體行體的男人女人
（像一本沒有插圖的生物課本）
那將多麼乏味啊……

喜歡看到紅綠燈在街頭站立
像一支開瓶器，打開
心底的汽水可樂。

請你打開你的想像，換個角度看街景：
馬路像座動物園，紅綠燈是長頸鹿，
行人穿越道是斑馬；
馬路像一本書，紅綠燈使我們走走停停，
像詩的分行，像書裡的插圖。
換個角度看人生：
紅綠燈不再是惹人厭煩的交通號誌；
我們反而要感謝紅綠燈的設立，
使我們漫長乏味的旅程有了變化。

迴旋曲

天空用海漱口，
吐出白日的雲朵；
夜用星漱口，
吐出你家門前的螢火蟲。

螢火蟲，
飛聚到海上變棉花糖。
棉花糖，甜又軟，
被風吹到
黎明的牙縫裡。

天空用海漱口，
吐出白日的雲朵；

夜用星漱口，
吐出你家門前的螢火蟲。

大自然的景物看似互不相干，
但仔細想想，
它們之間似乎又存在著
互動的關係，環環相扣：
天空—海—雲朵—夜—
星—螢火蟲—黎明—天空—
海—雲朵—夜—星—螢火蟲……
晝夜循環，大自然運行不息，
詩人用擬人化的手法為我們唱出
這首美妙的迴旋曲。

新數學

人類小孩的數學課，
每人一張萬古不變的
九九乘法表：
3×3＝9
3×4＝12
3×5＝15……
老師教，學生背，
背錯一項打一下。

雲霧小孩也有一張
九九乘法表
（啊，他們讀的是
效法自然的雲霧小學）：
山乘山等於樹，

山乘樹等於我，
山乘我等於虛無……
多麼奇妙的新數學啊！
可以自由變化的
九九乘法表：
山乘山也可以等於夢，
山乘夢也可以等於我，
我乘我照樣是虛無……

雲霧小孩的九九乘法表既非學校課業，
也無所謂正確或不正確，
他們甚至可以將乘法自由變化、自由創新：
3（山）乘以3（山）等於4（樹）；
3（山）乘以4（樹）等於5（我）；
3（山）乘以5（我）等於15（虛無）……
這種新數學挺有趣吧！
打破僵化的邏輯定律，
令人有回歸自然的遐想和渴望。

跳繩

阿方和阿平在跳繩，
尼龍的繩子咻、咻、咻，
跳出旋轉的圓，
跳出透明的球。

海浪和海岸在跳繩，
翻滾的沙石刷、刷、刷，
翻出寂靜的月，
翻出遙遠的山。

落日和黃昏在跳繩，
後退的地平線搖、搖、搖，
搖出徐緩的煙，
搖出急飛的鳥。

小朋友跳繩不稀奇，
海浪和海岸跳繩，
落日和黃昏跳繩才稀奇。
透過想像，我們發現大自然和人類之間
有許多有趣的對應關係。
讀了這首詩之後，
當你再抬頭看月，看山，看煙，看鳥，
你就會有不同的感覺。

小蝸牛

雨停了，
小蝸牛想去探一探彩虹的故鄉，
他怕人類踩壞了他的家，
他怕野狗啣走了他的家，
於是帶著家一起旅行。

他一步一步慢慢爬，
不緊張也不心慌。
下雨時，
他把頭縮到屋簷下躲雨，
刮風時，
他把身子藏進溫暖的家避風。

他穿過一座座雄偉的高山，
渡過一條條清澈的小溪，
來到了一片花花綠綠的草地。
小蝸牛在草地上，
看到了美麗的彩虹。

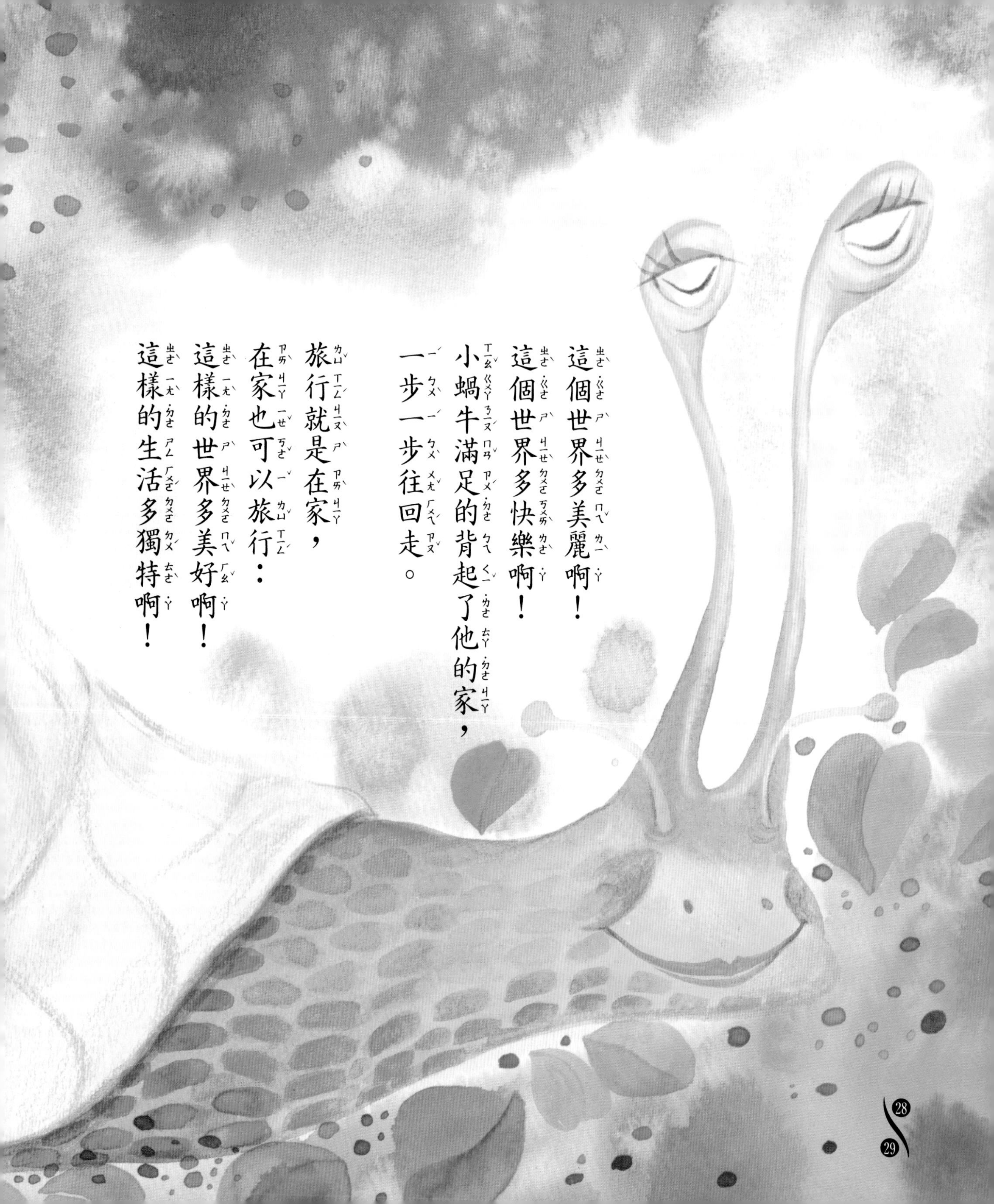

這個世界多美麗啊！
這個世界多快樂啊！
小蝸牛滿足的背起了他的家，
一步一步往回走。

旅行就是在家，
在家也可以旅行：
這樣的世界多美好啊！
這樣的生活多獨特啊！

懷著美麗的願望（想去探一探彩虹的故鄉），
一隻顧家的小蝸牛帶著家一起旅行。
不必離家卻可以出外旅行，
出外旅行卻仍可以天天在家——
在小蝸牛的世界，
這種荒謬、不合邏輯的事情
卻是再自然不過的了。
這真是一次美麗而動人的旅行。

天空的面具

天空是一個善變的演員，
經常戴著不同的面具巡迴演出。
羞答答的新娘是早場，
它最愛演的角色，
又酣又紅的臉頰，太陽，
它初醒的新郎，
緩緩從藍紗的床上爬起來。

一轉身，
天空像一個夏日殺手，
兇惡的瞪著燠熱的大地，
它沒有愛的面孔是一本難看的
天書，好玄，好深！
觀眾們看了都昏昏欲睡。

善變的天空又抽出新的面具，
場移景換，變成一隻
受困的野獸高踞夜的舞臺，
越涼，越暗，
越暗啊，越涼，
月亮，它唯一的眼睛，像冰球
從它寂寞的額頭逐漸溶掉。

冗長的臺詞跟著夢去了。
總是一些遲遲不肯離去的單字，
一步一星的閃爍其間：
「晚安，女士！」
黑色的布幕急急降下。

這首詩以擬人手法
描寫黎明到夜晚天空的萬種風情——
它時而陰柔，時而陽剛；
時而溫馴，時而兇狠；
時而惹人憐愛，時而叫人哀憫。
天空這名善變的演員
每天都帶給我們不同的戲目和期待。

眼淚

眼淚像珍珠，
不，眼淚像銀幣，
不，眼淚像鬆落後還要
縫回去的鈕釦：

媽媽縫在爸爸身上的鈕釦，
媽媽縫在姐姐身上的鈕釦，
媽媽縫在哥哥和我身上的鈕釦，
媽媽縫在歲月身上的鈕釦……

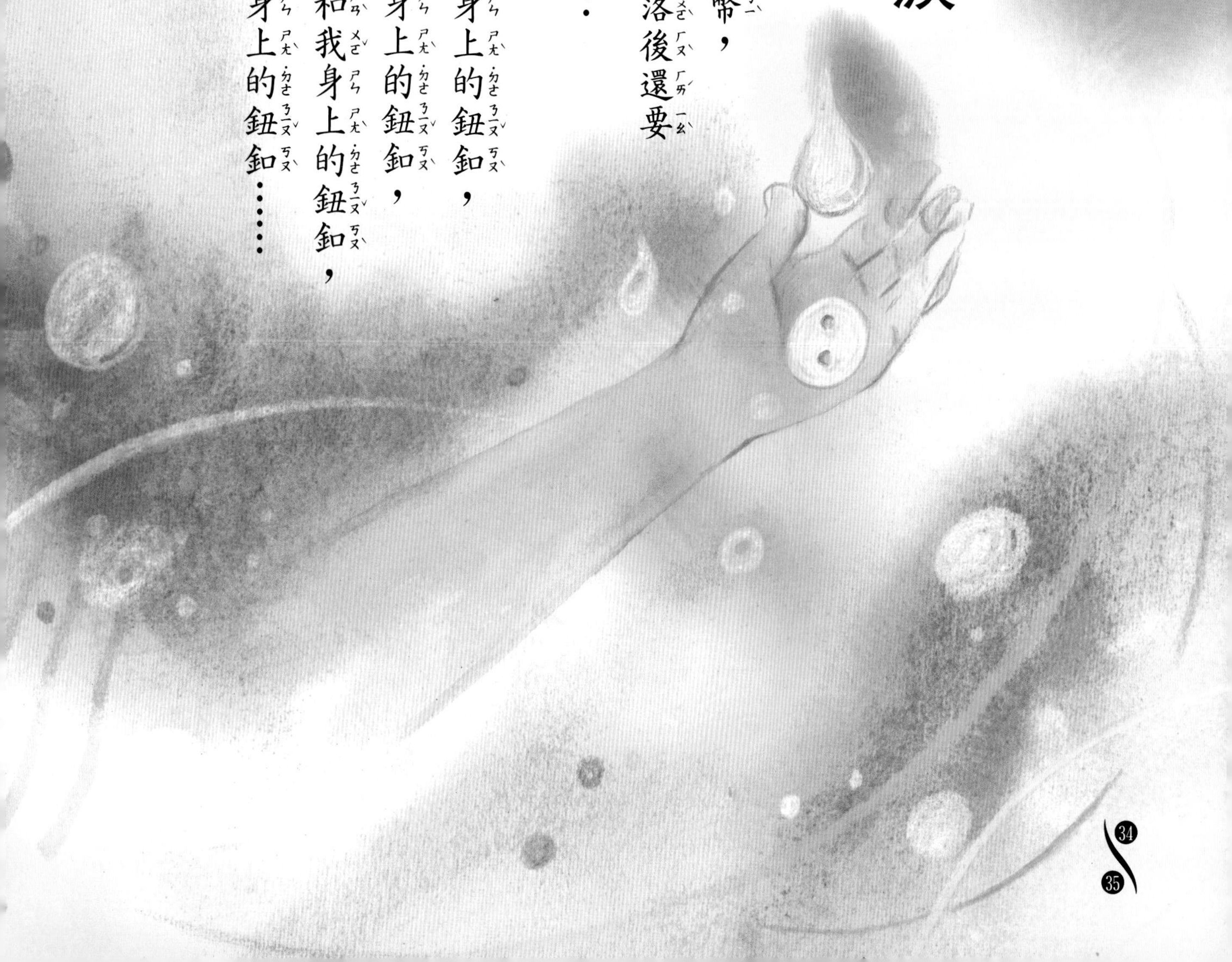

爸爸、哥哥、姐姐身上的鈕釦，
像是媽媽一顆顆的淚珠。
慈母手中線，眼淚是愛，
比珍珠、銀幣還珍貴，
是媽媽用青春換來的。

鉛筆盒

不要隨便打開我的鉛筆盒，
因為我有許多祕密在裡頭。
我有不同香味的鉛筆，
小刀，橡皮擦，
還有一枝黃色的螢光筆。

我的鉛筆用不同味道的文字
和我說話，
高興的時候，我喜歡
把他們的嘴削得尖又尖，
細細甜甜的告訴他們
我心裡的祕密；

不高興的時候，我對他們
發脾氣，讓他們變得
鈍又笨，
只合適畫亂七八糟的畫，
只合適寫歪歪斜斜的字。

我不怕上天對我發脾氣，
他如果給我壞臉色，
我就用橡皮擦
擦掉他臉上的烏雲，
擦掉他周圍又醜又怪的
錯別字，
然後拿出我的螢光筆，
在他的臉上塗上一層
亮亮的黃。

不要隨便打開我的鉛筆盒，
因為我有許多祕密在裡頭。
我還有許多美麗的卡片，
郵票和貼紙，
但我不告訴你，是誰
送給我這些可愛的東西。

鉛筆盒是祕密寶盒，打開鉛筆盒，
喜怒哀樂全都洩了底。
橡皮擦可擦掉烏雲，
螢光筆可塗亮太陽的臉，
你也擁有這神奇的文具嗎？
你的鉛筆是不是也受到你這個小主人
忽冷忽熱的對待？

小孩子的自由

「大人可以自由的看電視，
大人可以自由的買東西，
小孩子也有小孩子的自由，
所以，今天晚上
我不刷牙。」

「但是，媽媽，
如果小孩子也有小孩子的
自由，那麼
小狗、小鳥、小貓
是不是也有他們的自由？
那麼小蟲會不會
不聽我的話，
趁我睡覺時，跑進我的牙齒
爭取自由？」

小孩有不刷牙的自由，
蛀蟲也有鑽進牙齒的自由，
當這兩種自由互相抵觸時，
該放棄哪一種自由，
才是聰明的孩子？

鑰匙

太陽有一把鑰匙，
可以打開烏雲的窗簾。
春天有一把鑰匙，
可以打開玫瑰花的心房。

爸爸有一把鑰匙，
可以發動他的汽車。
媽媽有一把鑰匙，
可以發動她的摩托車。
我也有一把鑰匙，
可以打開我心愛的腳踏車。

老師說成功的鑰匙是努力，
爺爺說智慧的鑰匙是學習——
但這些鑰匙太重了！

我喜歡輕輕的鑰匙——
撒嬌就是一把輕輕的鑰匙，
可以打開爸爸媽媽的微笑。

除了車子、大門的鑰匙，
還有許多看不見的鑰匙，
可以打開許多事物。
有了這些鑰匙，你可以擁有
晴朗的天空，盛開的玫瑰，成功的未來，
聰明的頭腦，爸媽的微笑。
小朋友，你不妨想想還有那些鑰匙
可打開數學的難題，同學的友誼，
豐富的想像力，靈活的身手……？

我的手

彈琴時，我的手是
一雙跳舞的腳，
在黑鍵白鍵的音樂樓梯上
跳來跳去，
有時跳出一段優美的圓舞曲，
有時跳出一段輕快的小步舞曲，
有時不小心滑倒，走音，
有時悠悠哉哉，走出一段
如歌的行板。

我在想：
如果讓我的手戴上媽媽的手鐲，
如果讓我的手指戴上姐姐的戒指，

那不就等於在腳上
加上圈圈跳舞？
彈琴時，會不會
多出一些美麗的裝飾音？
或者只是像犯人一樣，
戴著手銬腳鐐，笨手笨腳？

如果琴鍵是樓梯，
彈琴的手就是跳舞的腳，
手鐲和戒指套在手上指上，
會是美麗的裝飾，還是犯人的腳鐐？
下回彈琴時，就以手當腳，
看看你能跳出怎麼樣的舞步？

如果

如果寫完一行作業，
就從鉛筆盒裡
自動跳出一盒果凍；
如果上完一堂數學課，
就從黑板裡
飛出一堆可以對獎的彩券；
如果考試不用讀書，
多出來的時間
拿來玩遊戲；
如果洗澡不用脫衣服，
不用擦肥皂，不用
沖溼、擦乾——那就
：

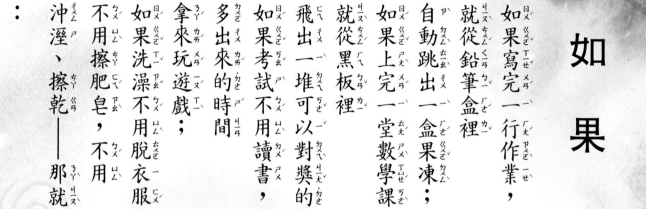

太棒了！

如果工作之後，可立即享有酬勞；
如果沒有考試的壓力，只有遊戲的喜悅；
如果連煩人的洗澡都可以簡化程序，
那麼小朋友都會高興得大叫！

字典動物園

字典是一座動物園，
裡面住著各式各樣
名叫「字」的動物，
它們有些外表相似，
看起來像是同一家族，
譬如瓊、瑤、環、珮、
璧、琦、琳、瑋，
它們是「玉」的子孫；
譬如轎、輦、輿、輜、
輪、軸、輸、載，
它們是「車」的親屬。

字典動物園的婚姻
非常奇特，
一夫可以多妻，
一妻也可以多夫，
字和字戀愛結婚，
不斷產生新的品種：
「思」是心和田的結合，
「恥」是耳和心所生，
「聾」是龍和耳的後代，
「龔」是共和龍所生，
共和田又生出「異」類，
誰曉得它們
牽來牽去
都是兄弟姐妹！

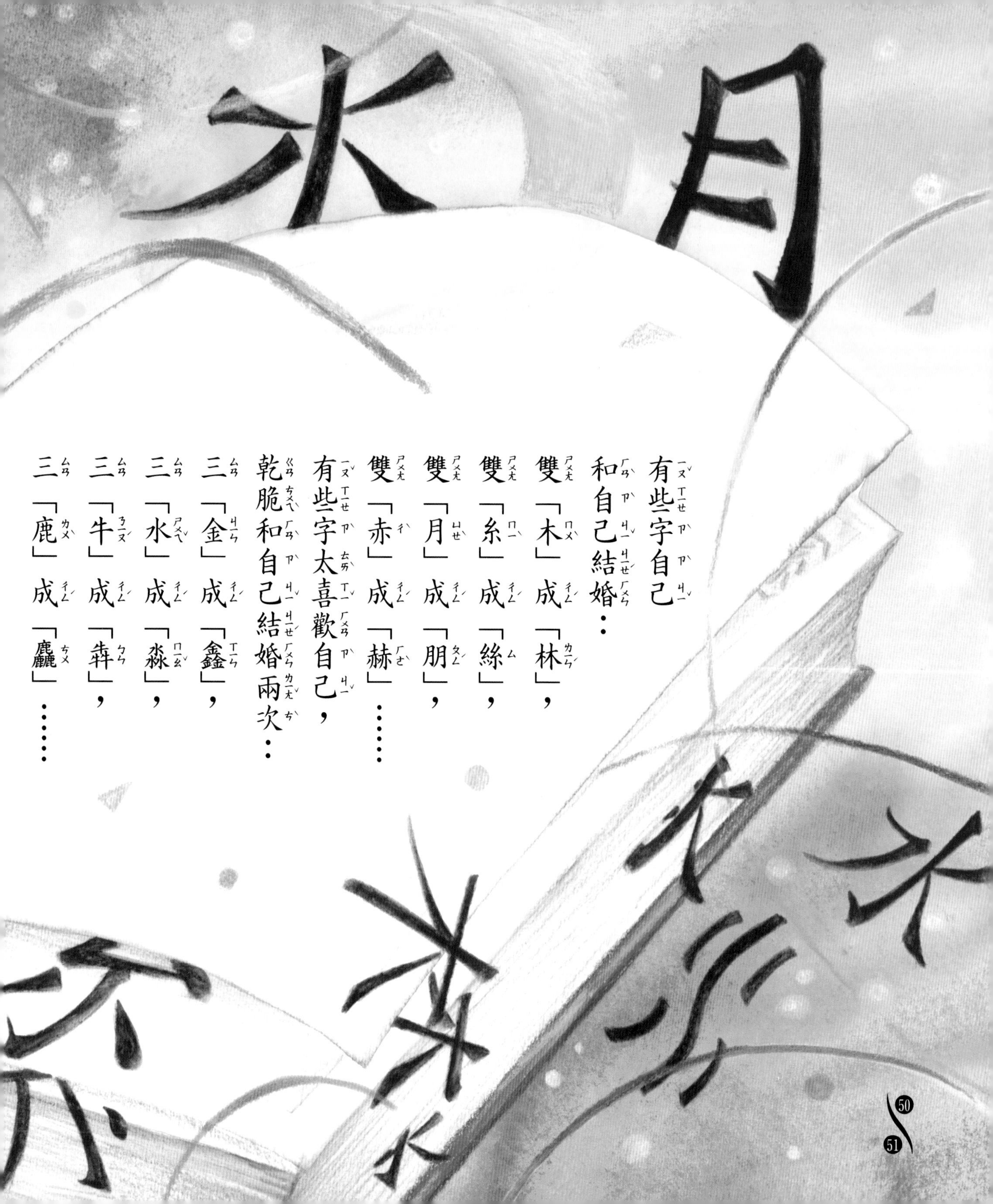

有些字自己
和自己結婚：
雙「木」成「林」，
雙「糸」成「絲」，
雙「月」成「朋」，
雙「赤」成「赫」……
有些字太喜歡自己，
乾脆和自己結婚兩次：
三「金」成「鑫」，
三「水」成「淼」，
三「牛」成「犇」，
三「鹿」成「麤」……

有些字構造很簡單，
筆畫很少，個性隨和，
大家都喜歡和它做朋友——
「一」字的交遊最廣闊，
動物園裡到處掛著
它和其他字的合照：
從「一匹」、「一件」、
「一口氣」、「一剎那」，
到「一絲不掛」、「一鳴驚人」
「一言既出駟馬難追」……
真是一大堆、一大串，
一時也數不清。

有些字看起來很陌生，
但千萬不要被它們
奇怪的外表嚇到了，
你知道「霱」代表三色雲，
「䶵」的聲音很好聽，
而「譱」本來就是善嗎？
這些怪獸的內心很寂寞，
但它們很想告訴你：
「我很醜，但是我很溫柔！」

這首詩呈現出文字的趣味。
字典裡住著各種有血緣關係的文字，
它們是夫妻，是朋友，是親戚，是兄弟姐妹。
文字們似乎也有不同的個性，
有些風流成性，到處留情；有些自戀成癖；
有些交遊廣闊；有些面惡心善。
字典動物園裡還有更多個性獨特的動物，
等著小朋友前來觀賞，細細品味。

國旗歌

春天的國旗是花
夏天的國旗是太陽
秋天的國旗是落葉
冬天的國旗是雪

小妹妹，你的國旗是什麼？
是掛在天上的雲嗎？
是掛在夢裡的彩虹嗎？
還是掛在媽媽臉上的笑容？

山的國旗是雲
海的國旗是浪

雨的國旗是淚
風的國旗是歌唱

小弟弟，你的國旗是什麼？
是一座一座的山嗎？
是一棵一棵的草嗎？
還是一隻一隻數不完的蚯蚓、蝌蚪？

每一個國家都有國旗，
你知道春夏秋冬、山海雨風
也有它們的國旗嗎？
我們每一個人都可以在心中
用美麗的想像或心愛的事物，
為自己豎起一面國旗，
每天高興地在心裡唱出自己的國旗歌。

島嶼之歌

島嶼的名字叫臺灣，
臺灣是一塊調色盤：
不同形狀的舌頭，
吐出不同顏色的聲音，
攪拌成色彩豐富的美麗島。

你塗上紅紅的雅美話：
紅頭嶼，在海上，
捕魚，造船，種水芋。
齊努力庫蘭——
這是十人坐的雕紋船；
米卡禮雅克——
這是工作房落成的歌；
你看婦女們在沙灘，
甩動長髮如海浪，
一邊跳舞一邊唱，
多美妙的瓦拉欽基雅噶蘭。

（蘭嶼雅美族婦女的甩頭髮舞之歌）

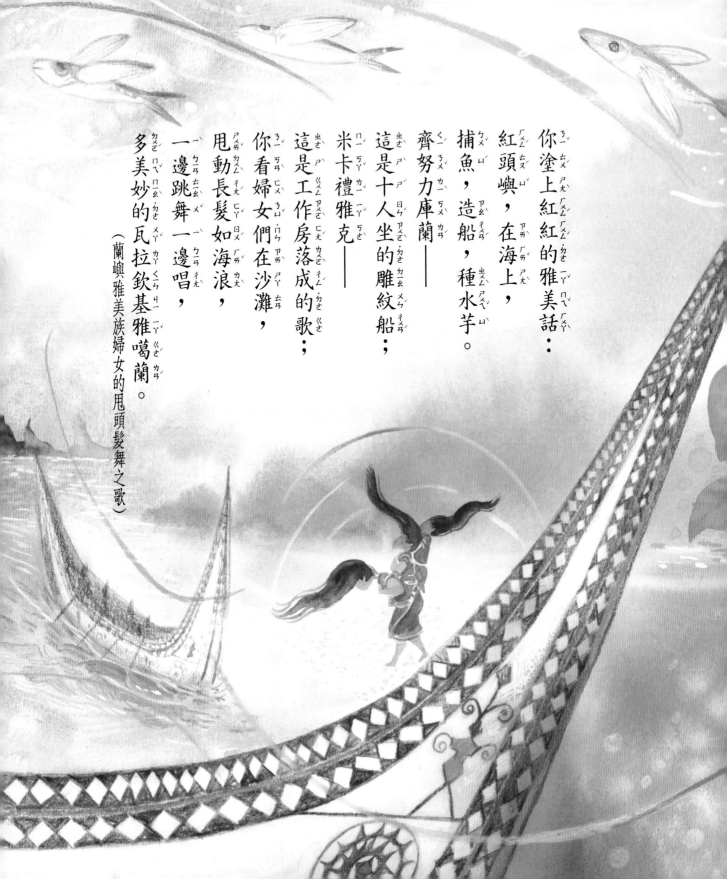

我塗上藍藍的阿美話：

「乍拜」（ㄓㄚˋ ㄅㄞˋ）是耳墜（ㄦˇ ㄓㄨㄟˋ），

「答答目斯」（ㄉㄚˊ ㄉㄚˊ ㄇㄨˋ ㄙ）是指環（ㄓˇ ㄏㄨㄢˊ），

麵包樹的果實叫「巴幾魯」（ㄇㄧㄢˋ ㄅㄠ ㄕㄨˋ ㄉㄜ˙ ㄍㄨㄛˇ ㄕˊ ㄐㄧㄠˋ ㄅㄚ ㄐㄧ ㄌㄨˇ）。

工作時我們唱歌（ㄍㄨㄥ ㄗㄨㄛˋ ㄕˊ ㄨㄛˇ ㄇㄣˊ ㄔㄤˋ ㄍㄜ），

歡聚時我們唱歌（ㄏㄨㄢ ㄐㄩˋ ㄕˊ ㄨㄛˇ ㄇㄣˊ ㄔㄤˋ ㄍㄜ），

日以繼夜，牽手為（ㄖˋ ㄧˇ ㄐㄧˋ ㄧㄝˋ ㄑㄧㄢ ㄕㄡˇ ㄨㄟˊ）

豐年祭跳舞（ㄈㄥ ㄋㄧㄢˊ ㄐㄧˋ ㄊㄧㄠˋ ㄨˇ）。

你們的眼淚是我們的「魯所」（ㄋㄧˇ ㄇㄣˊ ㄉㄜ˙ ㄧㄢˇ ㄌㄟˋ ㄕˋ ㄨㄛˇ ㄇㄣˊ ㄉㄜ˙ ㄌㄨˇ ㄙㄨㄛ），

「里巴哈庫」（ㄌㄧˇ ㄅㄚ ㄏㄚ ㄎㄨˋ）的歌聲

使我們成為「巴多」（ㄕˇ ㄨㄛˇ ㄇㄣˊ ㄔㄥˊ ㄨㄟˊ ㄅㄚ ㄉㄨㄛ）——

「巴多」（ㄅㄚ ㄉㄨㄛ）是朋友，

「里巴哈庫」（ㄌㄧˇ ㄅㄚ ㄏㄚ ㄎㄨˋ）是快樂。

他塗上金黃的布農話：
「薄安」是月亮，
「巴列」是太陽，
哥因、斯依、白所、過魯阿——
連起來就是金、銀、銅、鐵。
哈米散是冬天，
民哈米散是秋天，
達拉巴魯是夏天，
民達拉巴魯是春天。
你聽他們在那邊唱「帕西佈佈」，
（布農族有名的祈禱小米豐收歌）
祈禱小米又豐收，
圓滿和諧的和聲好像瀑布，
又好像是彩虹——
哈尼巴魯巴魯——掛天空。

美麗的聲音，美麗的島，
美麗的色彩，美麗的畫。
讓我們解開打結的舌頭，
讓五顏六色的母音一起畫畫：

閩南話，客家話，
山東，山西，河北話……
泰雅話，卑南話，
魯凱，鄒，邵，賽夏，排灣話；
巴埔轆，洪雅，巴布薩，
巴宰海，道卡斯，西拉雅，
噶瑪蘭，凱達格蘭……
（以上三行為平埔族名稱）

美麗的聲音，美麗的島，
美麗的臺灣，美麗的話。

臺灣是個族群融合的島嶼，
不同的族群有不同的語言，
而每一種語言就像一種美麗的顏色，
共同彩繪出這個美麗島上的動人風光。
讓我們大家用不同的聲音
說出這個島嶼的快樂和希望，
學習彼此的語言，
使調出的顏色更諧和柔美。

寫詩的人

陳黎是一個學生一點都不怕的國中老師，因為他上課非常自由、活潑。

他本名陳膺文，生於花蓮，讀的是師範大學英語系。寫過十幾本詩集、散文集、音樂評介集，並且還翻譯過好幾本外國詩人的作品。

喜歡聽音樂，也喜歡創新。他「發明」過明信片詩集：把他的詩印成圖文並茂，可以撕下來寄出去的明信片集。他最好玩的一本書是以讀小學的女兒為題材的《立立狂想曲》。

他的詩意象鮮活，充滿趣味，就像他的人——他非常討厭教條，討厭陳腔濫調。

畫畫的人

王蘭

初見王蘭，會對她年輕、娟秀的外表下，卻已擁有好幾個的頭銜，感到不能置信。的確，身為兩個孩子的媽，又是兒童美術老師、兒童文學作家、插畫家，平日要擔的心，實在太多了。不過，王蘭卻認為這是再甜蜜不過的負荷！

因為，在兒童文學的創作路上，一直有同是兒童插畫家的先生與她一同打拚，而家裡那兩個小寶貝的成長歷程，更讓他們學習自兒童的觀點裡，挖掘到更多寶貴的作畫題材。所以，在王蘭的畫裡，總充滿令人驚奇的幻想、趣味，和好多好多的情感。

能寫能畫的王蘭，目前的作品已超過數十餘冊，她得過洪建全兒童文學獎、信誼基金會兒童文學獎及《中國時報》最佳童書獎等大獎。對於未來，王蘭只有一個心願，那就是永遠作個快樂的媽咪和快樂的創作人！

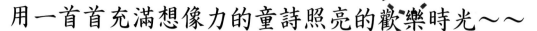

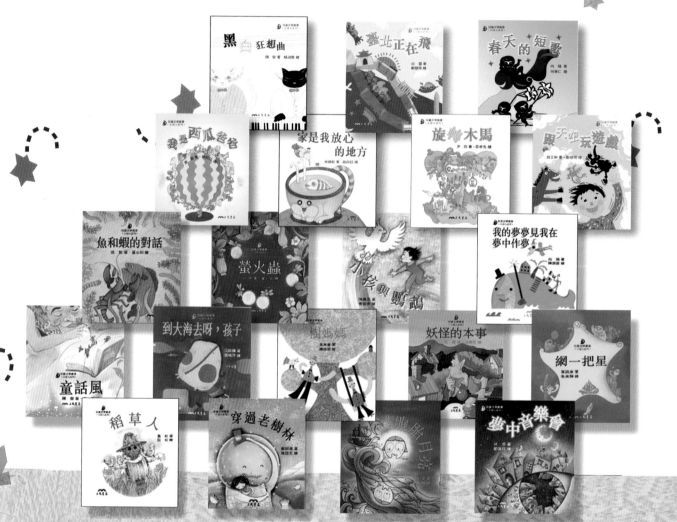

童年是～～

童年是
終日無所事事
不知哼什麼那樣哼不知唱什麼那樣唱
自自在在一步一步踏出來的滿心的快樂

童年是
無所事事
躺在野花紅似火的山坡上看藍天裡白雲追趕著白雲或
躺在曬穀場上夜的大傘下數一夜也數不完的星星

（圖、文選自葉維廉著、
陳璐茜繪之《樹媽媽》）